들꽃의 노래

들꽃나영 시집

신세림출판사

들꽃의 노래

들꽃나영 시집

차례

제1부 내 안의 나

제 2부 꽃들의 침묵

차례

제 3부 마음 속 얼룩빼기

제 4부 별을 그리다

제1부

내 안의 나

사랑, 호리병에 담다

공방에서 예쁘고
조그만 호리병 샀다

가슴속 사랑을
한움쿰 호리병에 담아
딸에게 전해주었다.

복사꽃 웃음으로
고마움을 전하는
우리 딸랑구

행여 일하는 사이
외로울까봐
마음속 사랑을
전해본다

매 순간

내 안의 작은 나

조용한 시간
내 안의 작은 꿈틀거림이
느껴진다

작은 생명이 꿈틀거리는
태동을 느껴본다

처음엔
톡
톡
툭

살짝 움직이는 게
창자의 꿈틀거림인지
분간하지 못한다

어느 순간 자궁 안에서
주먹으로 친다

'나 여기 있어요'
작게 속삭인다

발로 쎄게 차이고 나서
둔한 사람은
뭉툭한 연필을 들고
소중한 아가를
맞이해 본다

헤르페스

입술에 붕글붕글 물집이 생겼다
요 며칠 쓸데없이 걱정을 많이 한 탓이다

그 일은 내 걱정과 무관하게
시간이 지나면 어떤 식으로든
해결될 일이다

오지랖이 뇌리에서 한강처럼 흘러가는 동안
내 물집은 입술의 반을 장식하고 있다

쓰리고 아픈 건 고사하고
딱쟁이가 밤에만 터져서
아침이면 또 다른 딱쟁이가 생긴다

약도 소용없고
한 달이 지나서야
겨우 허옇게 흉터를 남기며 아물어 간다

상처가 말해준다
자신을 아끼고 사랑하라고

옴

머릿속 안테나를 쭉 뺀다

내 분신들의 행동을 동물적 감각으로 스캔한다

오우
지금 무얼 하는지
무엇을 원하는지 알아내 간다

엄마 새의 다급한 외침은
아기 새들을 위험에서 구해낸다

저녁
둥지 안에서 꼬물꼬물
아기 새들은 꿈을 키우며
성장해 가고 있다

그리고
안테나는 항상 열려있다

커피

부스스한 새벽이
창가로 비쳐들면

잊지 못할 어제의
따끈한 향기
무의식적으로 그리워하는
혀끝은

향기로
끓고 있는
너를 찾고 있네
아메리카노도
헤이즐넛도
카푸치노도
달콤한 일회용
봉지커피에 밀려났지

언제 어디서나
뜨거운 우리들 커피
조각난 생각의 이삭 줍던 밤
또 너를 찾고 있구나

좋은 사람
만날 때 곁들여지는
향기 짙은 너를

향기 한 모금
분위기 한 모금

엄마표 김치

열무 2단 3000원
얼갈이 1단 2000원
쪽파 5000원
마늘 5000원
생강 2000원

사랑으로 다듬는다
정성으로 풀을 쑨다
소금으로 부피를 줄여주고
재료들을 커다란
*방티에 소담스레 넣는다

사랑 10컵
깨 3스푼
땀 한 바가지
등 등 더하기

갈고리 같은
요술 손으로
버물 버물
엄마의 열무김치

맛 도우미는
조잘조잘 종달새
뒷정리는 아빠 새

정성은 숙성되고
사랑은 새콤하네

---

* 경상도 사투리, 커다란 함지박

우산

비 내리는 날
그대 우산이 되어
비바람 막아주고
싶어라

이 비
그치고 나면
강한 햇살 가리우는
그늘막되고
싶어라

그대 옆에
있고 싶은
뜨거운
나의 마음

버려야 할 물건

또 쓸 것 같고
필요할 것만 같고
들었다
놓았다
망설이기를
거듭

모두 의미 있는 물건

애착인가
집착인지
쓰레기를 가득 안고
추억타령을 하며
버리지 못함이여라

저장강박증 환자가
되어가고 있는지
내려놓기가
필요한 시간
버리기 공부
아 ~
어려워라

술이란 놈

한잔은 꺾어 마시고(天)
두잔은 그냥 마신다(地)
세잔은 술술술 마시고(人)

이모!
이슬이 두개 더(地)
목청껏 외쳐보네

마시자
부어라! 흥에 취하네
죽자!
또 한잔(天)

시간도 취해서
날 새는지
모르네

집은 어디 맨지
가노라지만

길이 벌떡 일어나

이마를 치네

제 삼의 세계(人)
짧은 여정
꺼억~꺼억~

이마에 상처만
남겼네

친구 생각

연초록이 세상을 물들이고
꽃들은 향기를 나비에게
얼마에 팔았는지
꿈길에 있던 나비들
날개 팔랑이며
하늘하늘 날아오르고

물빛 여심은 향기 가득 안고
어린 시절 개나리 꽃 만발한
교정에 앉아 있네

노오란 꽃그늘
친구 얼굴에 내려앉고
잡은 손 더 꼭 잡고
니체와 루살로메
사랑 시를 읽으며
감상에 빠졌던 시절

야 어딨어!
윤달에 태어난 내 친구
어느 하늘 아래서

나만큼
너도 내가 그리울 거야
가시나야

우리들의 별명은
새침떼끼, 종달새였지

향기 가득한 날에
너에게 한 발짝
다가가 본다

우리집 송아지

봄날 오후 햇살 부서지던 날
암소 눈물 흘리며
산통 앓고 있던 날

오랜 산고 끝에 불쑥 튀어나온
귀여운 송아지 한 마리
송아지도 놀랄 일이언만
암소가 머리부터 긴 혀로 핥았는데
어쩌면 기적처럼
눈이 크고 귀여운 송아지

다리를 휘청거리며
일어나는 순간
어린 나는 깜짝 놀랬다

어쩌면
어쩌면
비틀거리며
어미 소의 젖을 빨고 있다니
혼자 걸어서

소를 쓰다듬으시던
아버지의 흐뭇한 미소

유리창 너머

보이지만 막이 가려져
잡힐 것 같지만
잡히지 않는 세상

마음은 투명한 막을
박차고 날고 싶어

꿈길과 현실은
괴리가 있어

사랑

실연당했다고 하소연하는
여자는 긴 머리를 잘랐습니다

자르는 동안
주저리
주저리
아픈 사연을
바닥에 흘리고 있습니다

아픈
조각들은
바닥에 한 가닥 두 가닥
쌓였습니다

짧은 단발머리의
새로운 여자는
거울 속에서
희미하게 미소를 띕니다

그녀의 뒷모습에서
또 다른 인연을 보았습니다

항아리

낡은 엄마의 항아리
아니 할머니의 항아리
어루만지며 닦으셨을
증조할머니의
그 항아리

시골 앞마당 귀퉁이에서
쓸쓸히 서 있는
키가 큰
텅 빈 항아리

먼지 덮고 있는
아무도 관심없는 물건

백년
아니 이백년
그 이상
주인의 사랑을 받던
쓸쓸한 항아리

할머니 옛이야기

구부린 허리
환한 웃음 어려 있는
주인을 잃어버린
방황하는 항아리들

간장, 된장, 고추장
가득 품고
복닥복닥
가족에게 사랑받던
항아리였는데

혼과 숨결은 어디가고
고즈넉한 시골 풍경과
노을이 비치는
그림자가 서럽기도 하지

지금 우리는
엄마의 된장을
그리워하지

언제나
엄마 할머니를 추억할 수 있는

내 마음의 소중한 순간의 물품

할머니 숨결이 묻어나는
항아리들을
마음에 곱게 곱게
담아가네

아파트에서

오후의 햇살은
방향을 바꾸고

가려진 빌딩 숲 사이로
얼비친 햇살
겨울의 그리운 햇살
멀어져가고

마음에 스치고 지나가버린
아쉬운 햇살

또 밤이 찾아오고
추운마음은
더 어두워지네

주홍빛 볼에 남아있는
부끄럼 하나

비어버린 약속

빚 권하는 사회

눈 뜨면 감미로운 유혹
화려하게 빛나고
마음 사로 잡네

눈감아도 귓전에
맴도는 유혹의 소리
넘쳐나는 광고홍수

정신을 차려 봐도
때때로 가끔
지름신 찾아오니

분별력을 갖고 있어도
유혹에 견디기
쉽지 않고

이런 카드
저런 카드
지갑에 넘쳐나

공짜를 가장한

얄팍한 상술
청구서는 우울하지

구매욕구와 절제
조절하기 힘들어

그리고
반복되는
한 달
또 일 년

현대사회를 살아가는
우리의 초상

추억이 있는 호수공원

잔잔한 봄바람 불어오면

하늘에선
꽃비 춤추고

연인들 손잡고
노니는 거리

여유로운 노인들은
걷기 바쁘고

아빠와 딸은
같은 자전거타고

바람에 일렁이는
물내음 맡으며

얼굴에 쏟아지는
물방울이 적셔주네
그 마음

조각 커트

거울 앞에서
사각 사각
커트를 해요

좀 더 깔끔하게
조금 섬세하게
아주 아름답게
완성해 봐요

힘든 속 마음
털어 놓을 때
내 마음도
아파와요

조각 조각
조각 커트

마음 속 힘든 조각
덜어주고
싶어요

꽃 우물(花井)

옛날에 우물이 있었지

동네사람 모여서
왁자지껄 사는 이야기
가득 담고 있는 우물

옆집 비밀
앞집 비밀
다 알고 있지

나무 두레박 소리
청아한 소리
아침이면
여인네들 찬 우물에 모여
정겨운 하루 시작하네

봄날 하얀 배꽃
바람에 흩날리다
아름다운 우물에
쉬어 나리니

우물에 내려앉은
배꽃 이파리

옛사람(先人)들은
꽃 우물(花井)이라
불렀었다네

색종이 비행기

알록달록 이쁜색
종이비행기
접어보네

연분홍색 날리며
첫사랑
그리고

자주색 비행기
하늘로 보내며
그리운 어머니
받아 보시라고

고향 친구에게
힘껏 날리네
아직도
고무 줄 놀이
줄넘기 놀이
하고픈 맘

노란색

파란색
빨간색
비행기 접어
날려 보낸다

그리운 내 마음
고향 하늘
닿을 때까지

그리움

그리운 지난시절
추억을 더듬거리며
생각에 잠겨보니

아련한
추억 속 잠기어
힘겨운 기억들
멀어져 가고..

행복하고
소담스런
스쳐온 지난 일상들

흐릿한 기억 저편
기억의 모퉁이는
요술쟁이

지나온 모든 고통들
그리움으로 바꾸다니

행운의 신(神)은

주변에 머물고

꿈을 쫓는 그녀는
욕심꾸러기

청초하고 아리따운
들꽃으로 기억되고파

뭉실뭉실 그리움
그리고 가네

새로운 시작

의미 없는 나날들
생각 없이 보낸 날들

의식은
깊은 어둠속 터널에서 잠자고
무의식을
바람으로 각성시키니

긴 어둠의 터널
지나고
무의식이 깨어나

새로운 날들
소망하는 날들
가볍게 시작해보네
시작은 미미하지만
한발 한발
조심스런 걸음마

생각 속 희미한
두 갈래 길에서

분별하고
지각하고
사물을 돌아보며

더 멀리 더 깊이
사고하며

향기로운 미래도(未來圖)
밑그림부터
그려 보리라

낯선 곳

삶의 터전을 옮기는 것
정든 고향을 떠나와
낯선 곳에 머무르기 힘겨워
공허한 마음 더해가고

향수 그리워하는 밤
구석구석 묻은 체취

떠나는 것 아쉬워
새로이 적응하기
마냥 두려워

익숙한 공간속
손때 묻은
애착 가는 모든 것들

지난시간
지나버린 그리움

앞으로 나아갈
희망찬 내일을

기약하며
옮기는 발걸음

어즈러이 흔들리는
가로등 아래
낯선 곳
서러운 공간
새로운 공간은
언제나 불안하여라

이사 후기

짐 보따리
눈에 익은 옷가지
옷들 속에
추억이 들어 있고
추억 속에
아름다운 여정들

이렇게
흘러가는 인생길

길속에
내가 있고 너도 있고
우리라는
울타리 안에 함께 있어
행복한 날들

꽃처럼 향기롭고
아름다운 날들
꿈꾸어 보네

선택

누구나 힘든 선택
귀로에 놓여있다

언제나 옳은 판단
할 수 있게

솔로몬처럼
지혜로운 사람 되기를
기도해 보네
해맑은 모습
잃지 말기

유리알처럼 맑으면
티끌도 보이니

현명한 선택
후회 않는 선택
최고의 선택할 수 있기를

언제나

유리창 밖의 세상

갇혀있는 공간은
너무 답답하여
언제나처럼 밖의
공기를 그리워하나니

저물어 가는
이 하루
쓸쓸함만이 남아있네

어느 하루
유리창밖의 공간으로 나아가
훨훨 날아 보고파

모든 시름은
구름속에 태워보내고
새장같은 나의 공간
떠나리니

흐드러지게 붉게 핀
유월의 장미는
애타는 여인의 마음

아는지 모르는지
붉고 아름다이
피어있었네

송이송이 천 만 송이
피어있구나

이파리 뒤에는
가시를 감추고선

명상

호흡을 크게 한번하고
살며시 눈을 감아
의식을 미간에
집중해 보노라면

살며시 빛의 세계로
여행을 떠나니

밀려오는 생각들을
버리기를 반복하고

몰아의 경지
둥둥 떠나가 본다
나만의 세상으로

저 블랙홀 속의
빛의 향연이여
잠시라지만
나만의 빛 속으로
들어가
모든 시름을

잊어 보노라
천지의 기운이
기를 살리고
새로운 힘을
부어주고 있구나

경상도여자 충청도남자

가끔 의견대립을 한다.
어느 부부나
다 조금씩 싸우며
맞추어 가겠지.

급하고 솔직한
경상도식 표현은
충청도 사람에게는
다소 충격인가 보다

몇 번 가슴에 담아두었던
못마땅함을
조목조목 따져보자니

시큰둥한 표정으로
내 뱉는다

'당신은 어째 속마음을
버선목 뒤집듯이
다보이나'

머리가 멍해 온다

그럼 자기는
속마음을 표현하지 않는 거로구나

너무 솔직함이
상대를 피곤하게 하는구나

약간의 문화차이
경험해본다

속을 감추는 것도 배우리라
충청도처럼

조심

조심 조심조심
조심 떨어지는 날
죽는 날이라고
우리 할매는
늘 조심하라고
말씀하셨습니다
귀한 말씀인줄
모르고 잔소리로
들었던 어린 시절
이제사 생각해보니
황금보다 귀한
말씀이었습니다.
피를 물려받아
오늘도 잔소리
해봅니다.
얘들아
조심하거라
사랑과 염려가 가득담긴
말인 줄 언제나
알아줄까요.

제2부

꽃들의 침묵

바다에 가면

하얗게 부서지는
파도 속에서
성난 말들이 달려온다
금방 달려들 것처럼
무섭게 달려온다

나타났다 사라지고
어느새 파도 속에
숨어버리고

멍하니 긴 하루
나는 백마 타고 오는
왕자를 기다린다

고백

봄의 향연에
초대 받은 민들레
영산홍의 화려한 붉음에
목련의 고귀한 숨결에
개나리의 눈부신 노란 꽃동산에
한숨을 토하고

바닥에 초라한
자신을 질책해 본다

둥근달 찌그러지고
다시 동그랗게 되던 밤

화려하던 영산홍도
하얀 목련도
환한 개나리도
모습을 감추었네

두리번 두리번 흘겨봐도
초라하게 밟히고 있는
나는

피고 지고 또 피고
안개꽃다발 바람에
후 후 날리고
솜사탕 방울 달고 있는데

바람은 나와 하나 되어
더 높이 더 멀리
새로운 땅에서
미래를 꿈꾸자고
달콤하게 속삭이네

작은 그대

모든 것을
버리고
죽어서
다시 태어났습니다

깨알처럼 작은 씨앗에서
작은 떡잎으로
새싹으로
그리고
작은 나무

지금도 커가고 있습니다

버렸기 때문에
얻을 수 있다는 것을,
죽을 만큼
힘든 고통 뒤에 오는
축복인 것을
아직 잘 모릅니다

자연 속에서 배워 나갑니다
계절의 변화와 세월 속에서

산에 가고 싶다

산은 깊어서
사람이 없고
사람은 산이 높아
머무를 수 없네

신선이 되어
깊은 산에
머무르고

학을 타고
이산 저산
유람을 하네

바람은 향기롭고
하늘은 더 없이
푸르네

迎春花 (목련꽃)

나목에서 피워낸
하얀 그대 목련꽃

북쪽으로
북쪽으로만
꽃잎을 열어
하얗게 전해주는
그대 속삭임

그리운 그 님
꽃잎 향한 곳 계신다는
애틋한 전설

눈부신 햇살 받아
무지개 빛 향기를
지나가는 길손에게
전해주고
푸드덕 프드덕
깃털처럼
바닥에 뒹굴고 있구나

봄이 가는 소리
너의 순결한 깃털이
봄을 바람결에
날려 보내는 구나

슬픈
그대 봄날을

봄에게 투정

가만히 눈감고 들어
보아요
봄이 오는 소리

꽁꽁 얼었던 마음의
빗장을 열어
가슴을 펴고
봄을
맞이해 봐요

길 아닌 길 위에
서 있던 나
깜짝 놀래
봄에게
물어 봅니다

내가
가던 길은 어디였냐고

이정표(里程標)를 달라고
자꾸만

자꾸만
졸라 봅니다

이 봄이
다가기 전에

잃어버린 것을 찾아서

산을 오르며
내 마음의 먼지를
털어낸다

조금 가벼운 마음으로
조용히 가본다

맑은 산새소리
정겨운 들꽃들
나를 반겨주는
산

산에는 친구들 많지
메아리 친구

에코는
나의 말 따라하고

산 속
맑은 샘에 비치는
고단한 오후

물 한 모금 목을 축이며
번쩍 깨어나

풀어진 마음 하나
주워온다

떡갈나무

떡갈나무 숲속 겨울은
갈색 낙엽 바스락 소리
걸음걸음
따라오고

바람 불면
왈각달각 속삭이는
낡은 낙엽소리

떡갈나무에 기대어
나무의 세월
물어
보려하네

모진 비바람
천둥 번개
힘들게 버텼는지

새봄에는
무수한 길손에게
어떤 경이로움

보여 줄 텐지

언제나 한결같이
그 자리 서서

하늘과 땅의 소리에
친구 되어
지냈을 뿐이라고

겨울의 초상

벌거벗은 겨울나무
속으로 안으로
봄날 준비하네

싹눈 감추고
시리고
아린 바람
추운 눈바람
견디고 있지

나이테 또 하나
새기고

시간이 약속한
봄바람 날아오면

움츠린 싹눈
산들 산들
기지개

약속했던 봄날을

설레임 가득케
기다리고 있다네

눈

눈이 몰려온다
먼지처럼 날아온다

날기에 지친 눈
빙그르 돌다 돌다
거리에 쌓여가

눈 눈
슬픈 눈물 같은
서러운 울음처럼
펑
펑
펑
하염없이 소리없이

그렇게
하루 종일 온종일
흐린 하늘 하얗게
차가워가고

눈은

쌓여만 가고

나를 키운 계집아이
눈을 향한
잔망스런 잔소리
웅얼 웅얼

꽃 아니야

꽃이라고 불러
나를

난 꽃이 아니야

그냥
풀이야
들풀

꽃들의 침묵

꽃은 말없이 피어있네
향기와 아름다움 보여주지만
아무런 댓가 바라지 않네

꽃들은 말이 없지만
저마다 향기를 품고
향기로 속삭이네 속삭이네
존재의 의미를

꽃들의 여왕 장미
꽃들의 제왕 모란
향기의 요정 백합

향기와 신비함
사람에게 무한한 기쁨을 주네
말없이

설경

흰 꽃송이 눈꽃송이
하늘하늘 내려오네

쌓이고 쌓여서
온천지가
하얗네

길은 어디인지
보이지 않네

눈싸움하던
눈사람 만들던 시절의
추억도

하염없이 내리는
흰눈을 보며
이런 걱정
저런 걱정
걱정이 눈만큼 쌓이네

햇살 따사롭게 비추니

환해지는 내 마음

겨울날 설경
내 마음에
향기를 주네

날개

마음에서 돋은 날개
하늘 높이 날아가
구름위로 날아가
자연과 하나된다

기쁨도
슬픔도
고통도
모든 감정
자연에 맡겨보네

훨훨 날아
모든 것 털어내고
새롭게
거듭나

전설속 붕새
만나러 가네

눈꽃

밤사이 몰래몰래
내려온 하얀 눈
수정같이 맑은
하루를 열게 해 주네

하얗게 모든 세상
감싸고 있어
마음속 묵은 때
흰 눈 속에
씻어보네

햇살 받아 눈부시다
흔적 없이 사라져도

눈꽃 세상에
잠시 묻혀보니
행복하여라

초 겨울

차가운 시린 바람
쓸쓸히 불어오는 날

움츠린 작은 새
힘겨운 날개 짓
애처로워라

파아란
하늘아래
차가운 햇살
모진 바람 얼굴에
손끝에 스쳐가니

피할 수 없는
계절의 변모

맑은 새들의 합창
청아하게 들려오니

스며드는
겨울정취에

괜시리 슬퍼지는
여심(女心)이어라

지진

자연이 주는 재해
인간 힘의 한계점
미약한 자연의 일부임을
느끼는 순간
지각의 보이지 않는
거대한 움직임

보이지 않는 땅속
어두움의
두려운 경고
포세이돈의 메시지?

흔들림은 고통스런 기억
언제 찾아올지 모르는
흔들림의 불안

자연 앞에
언제나
작아지는 인간

흔들흔들 비틀비틀

우리들의 꽃밭
속절없이 무너져
차가운 아픔

겨울 속 이그러진
가슴 가슴을
울리고 있네

가을비

가을바람 속 자리한 낙엽들
빗물에 곱게 곱게
새초롬히 젖어있네

낙엽들
물 위에
아무렇게나
이리저리
밀려다니고

빗물 바람타고 나려
동그라미 그리고

작은 동그라미
큰 동그라미
바닥에 동그라미 잔상

물결에 일렁이고
어설프게 나부끼는
낙엽이 서러워

가을밤
때 이른 어둠은
둘 데 없는 마음을
휘젓고 있구나

낙엽

나무에 버림받은
상처 입은 낙엽

노랑
빨강
갈색
바닥에 엉켜서
사이좋게 뒹굴고

바람이 산들 불면
데굴데굴 안고
춤을 춘다네

흙에서 뒹굴던
낡은 이파리
저만치 날아가
잡을 수 없네

낙엽이 머문 자리
찬 서리 내려앉아

마음에 날아든 낙엽
어지러운 가을 속
바람에 전해보네

계절의 길목

어둠을 휘감고
깊어가는 밤

아직은 겨울 아니라고
바람으로 흔들고
애처로이 매달린 낙엽
말해주네

우수수 떨어지고
가지만 앙상한
나목 되면
성큼 자리한 겨울

숨어 핀 이끼

밝은 햇살 싫은 이끼
음지에
다닥다닥 모여서

보여질 듯
안보여줄 듯
안개꽃처럼
웃고 있어

이끼의 향기
흙 같은
비 같은
자연의 향기

소박한 풀꽃 닮은
음지에 피어난
아무도 봐주지 않는

나는야
니가 좋더라

사과(apple)

유혹의 상징
인간 본성 내면의
갈등을 숨기고
있는 과일

스티브잡스는
한입 베어 문 사과
지성을 말했나
유혹을 말하나

용서를 부탁하는
사과(謝過)랑 똑같지

미묘한 차이
흔들리는 마음

야래향

달빛아래 야래향
은은한 향이
코끝에 내려앉아
길을 잃었네

얼마나 살아야
자연이 주시는
풍성함을
담을 수 있을까

미동도 없이
퍼주기만 하는
자연 속의 향기들

오늘은
야래향에 흠뻑 취하니
어지럽구나

세량지의 봄

신록이 연초록 옷을 입고
누가 더 어여쁜 색인지
서로 자랑을 하네

내가 빛나네
네가 더 반짝이네
색깔잔치 열렸구나

물위에 비추인 자기 모습에
세량지 나무들 잡초들 도취되었네

올망졸망 잎새들
뽐내기 바빠라

연다홍 연분홍
수줍게 활짝 핀
여린 꽃들은
부끄러워 붉음을 더하고

물위에 비친 정경
경이로워라

아
밤이 되면 아름다움 없어질까봐
가는 시간
서로들 아쉬워하네

달이 뜨면 속삭여 보네
너도나도 전부 하나되어
더 아름답다고
밤새도록 세량지 숲
속삭이고 있어라

내일은
더 아름답게 향기로
온 숲을
물들일거라고

망초꽃

하이얀 망초꽃
들녘에 천개 만개
하얀미소 지으며
함초롬히 피어 있지만
그 옛날 오래전
이야기 품고 있구나
조선시대 청나라로
끌려가던 앳된 소녀들
꽃들에게 전해주던
마음속 사연을
산천 어디에서도
초롱초롱 애처로이
피어있는 너에게서
볼 수 있구나

귀뚜라미 같이
뚜르르 뚜르르
울어 주고
깊어가는 가을
아쉬운 망초는
더 처량한 모습

보이고 있네
청나라에 끌려가던
조선처녀들의
서글픈 한이
하얗게 하얗게
느껴지는구나
예나 지금이나 미약한
나라의 힘은 민초들의
한으로 서리서리
남아있구나

소나무

청솔가지 사이로
몽글몽글 피어나는
송화 가루 꽃

노란 연두빛 향기
산 속에
멀리 멀리 퍼지고

소리 없이
여기저기 날아 앉아서
잎새에
꽃잎에게 소곤거리네

먼지 같은 나에게
희망이 있다고

꽃잎에 스며들어
향기 뿌리며
산동네 평화를 깨네

온 누리 퍼지는

송화 가루는
끝없는 모험을
즐기고 있구나

아카시아 나무

집 앞 언덕에
커다란 아카시아나무
꽃피는 오월에
향기가 아스라이 밀려올 때
어려서 그게 좋은지
미쳐 알지 못했더라

해마다 오월되면
그 시절의 아름다움 그려진다네.

소꿉놀이에 빠져서
해지는 줄 모르던
굴뚝에 연기 피어오르면
석양에 비친
꼬마가 있어
고운시절 지나고 있음을
몰랐어라

한 폭의 수채화 같은
하루를 보냈음을

연꽃

물위에 떠있는
고고한 너의 자태

한 겹
한 겹
비단으로 싸인 듯한
너의
고결한 모습

진흙위에서
청초하고 수려한
빼어난 모습

물위에 비친 그림자
마음을 울리고

오롯이 서 있는 자태가
너만 바라보게 하는 구나

순간이
영원할 수 없음이
애타게 안타까워라.

나팔꽃

이렇게 올라가나
저렇게 올라가나

촉촉한 이슬맞고
잡초들 사이로
담장위에 얽혀서 설켜서
올라가 보네

쭉쭉 뻗고 둥글둥글
하늘까지 올라가 보네

어느 한 날
가지 사이로 나팔처럼 생긴
핑크보랏빛
꽃

달콤한 향기를 피우며
여기도 피었네
저기도 피었네

우리동네 담장은
온천지 꽃동네라네

분홍노루귀

흰색 청색 분홍색
변산 반도에
낙엽을 헤치고
살포시 피어난
너

잎도 없이
너만 피어 있구나

돌 틈사이 낙엽뚫고
나온 녀석이
방긋 함박웃음 지으니

너의 꽃술은
고운 아이 웃음과 닮았구나

이리 아름다운
순간을 볼 수 있다니

변산바람꽃과 분홍노루귀는
봄타는 여심(女心)을
흔들고 있구나

코스모스

바람에 몸을 맡기고
하늘하늘 흔들리는
가을의 요정

벌 나비 날아와
놀다간 자리
뾰족한 도깨비 망치
달고 있구나!

속절없이 시간은
흘러가지만
갸냘픈 대공으로
내년 가을 기약하는구나

아 아 가을이
깊어가네

노을에 비추이는
너의 아롱진 그림자

길가는 나그네

가던 길 멈추고
너의 황홀함에
빠지고 있구나

민들레

가녀리게 길가에
돋아나는 너

길가는 사람들
무심히 밟아보아도

어느 한 순간
노오란 꽃대 흔들고
보란 듯 꽃피우고
꽃 시들고
며칠이 지났던가

솜사탕 같은
안개꽃 같은
다음 생을 준비 하더라

바람 불어와
더 멀리 더 높이
미지의 세계
비행 하더라

아무도 모르는
비밀의 세계로…

마른 꽃

그리움이 병 되어
시들어가고

꽃향기는 사라지고
형상만 앙상하니

누구도
보지 않는
꽃

그 안에 숨어있는
파삭 파삭
찌그러진 아픔이여!
찬란한 햇살을
다시 보려나…

돌아갈 수 없는
지난 시간이여!

기다림

오랜 기다림 끝에
단비가 오듯이
시간이 흐른 후에
오는 모든 것은
행복합니다.

더운 날 물러가고
찬바람 뼛속으로
들어오는
만추의 계절

자연의 갈무리
화려하고
마음이 풍요로워집니다.

반딧불

까만 여름밤
아빠가 별을 따왔어요

안방에 휘리릭 뿌렸더니
별이 반·짝 반·짝
엄마방엔
온통 별천지가 되었어요

엄마의 행복한
웃음소리 들으시려고
아빠는 반딧불이
손에 가득 담아
가득담아
엄마방에 수많은
별들이 내려 왔어요.

한 여름 밤
아름다운 추억 한 조각
한 여름 밤
아빠의 숭고한 사랑

고니

노을에 비친
당신 얼굴에
부끄러운 미소를
살짝 보았지

산등성이 단풍도
수줍게 부끄럼타네
빨갛게 빨갛게

연분홍 구름은
찬란한 내일을 위해
하늘에 여린 미소
보내고

하루가 아쉬운
둥지 찾는 고니
비상하는 날개짓
너무 황홀하여
눈이 부시네

여우비

찬란한 햇살 사이
정신없이 내리는 비

빗물 떨어진 자리
살며시 피어나는
정겨운 흙냄새

살짝 스쳐가는
여우비
꽃잎 아기자기
흙바닥에 꽃잎 새기니
흙 연기 피어오르고

흙 향기
비 향기
내 마음 흔들고

후드득 후드득
쏟아 나리더니

언제 그랬나

빠꼼히 얼굴 내민
해님 사이
안개 연기 피어나고

모락모락 올라가는
안개연기 사이로
변덕쟁이 여우비
깜짝이야

또 언제
여우비 나릴지도

제3부

마음 속 얼룩빼기

마음 꽃

보이지 않지만
그윽한 향기 나는
꽃을 키워요

만질 수 없지만
마음으로
느낄 수 있어요

마음에 키운 꽃은
주변을 환하게
밝혀주지요

십일 만에 지는
꽃은 아니지요.
마음에 피운 꽃은
세상의 빛이 되지요

나를 보고 웃어요

긴 겨울동안 할머니는
많이 아팠습니다
아무도 누구도 찾아오지
않았습니다
바람 소리와 적막함은
늘 할머니 친구였습니다

빈 마당 수도 옆에
쓸쓸히 담에 기대고 있던 장미나무는
가시만 앙상하게 줄기가 늘어져
작은 집을 지키고 있습니다
할머니의 기침소리도
할머니의 외로움도 지켜보고 있었습니다

몸에는 수분이 빠지고
깃털처럼 가벼우신
할머니는
눈 오는 날 눈과 함께
따뜻한 나라로 먼 여행을 가셨습니다

봄이 오고

가시만 달고 있던 까만 나무는 잎이 돋고
새파란 이파리가 가시를 감출 때
빠알간 꽃을 피웠습니다.

지난해 보았던 할머니는
알지 못하는 먼 나라로 여행을 가시고
아 장미는
더욱 더 붉은 핏빛으로 할머니를
그리고 있습니다

아마도 이슬이 되어
아침이면 살짝 오셔서
할머니는 장미와
대화할지도 모르겠어요
지금 장미는 흐드러지게
웃어요
내일 아침을 기다리며

자아

귓가에 맴도는 이 울림도
내 목 안의 소리인 듯

창가에 기대어
잃어버린 사유를
찾고 있는
빛바랜 혼돈이여

통째 비어버린 영혼
담아도
버려도
고통만 더해가고

싸늘한 새벽
등불을 걷어내고
너덜너덜 누더기가 된 영혼

껍질을 벗어내고
인고의 시간이 흘러야
마침내
우화되는 나비처럼

그대 뒷모습

그대 뒤를 따라
가는 봄 햇살
초리한 뒷모습
아련한 슬픔이
어려있고

뚜벅 뚜벅 걷는
걸음마다
삶의 무게 느껴지네

공기 맑은 이 아침
가는 봄처럼
그대 모습에
세월의 무게가
어깨에
한 아름 내려앉아

투명 발자국
흔적 없지만
살그머니
그대 따라
걷고 있다네

시 선

아이 얼굴 안에는
커다란 엄마 꿈이

환한 웃음 속에는
안도의 엄마 한숨

엄마 마음은
아이 따라가는
해바라기

멀리 있어도
먼 곳에서도

해바라기되어
그리워 하네

그 사랑 한없이
보내고 있지

마르지 않는
샘물되어

언제까지
그 사랑 보내고 있네

하늘과 땅차이

할머니네 집에서
아빠는 하늘
엄마는 땅

외할머니 집에선
엄마가 하늘
아빠가 땅

나는 외가에서도 하늘
친가에서도 하늘

나는
어디에 가도
하늘
하늘

오래전 나는

절벽 앞에서
서 있던 시절

절벽 앞에서
소리 없이 흐느끼던
내 앞에

지푸라기 지푸라기
새끼줄 꼬아서
새끼줄 꼬아서
동아줄 만들고
동화 속 주인공은
하늘에 기도했지만

기도해볼 하늘도 없었기에
내게는 하늘도 없었기에
서러움에 깜깜한 어둠속
절벽

그것은
공황장애

빈자리

당신의 의자에
나를 앉히려 마세요

당신의 의자는 화려하지만
부서져 있잖아요

마음의 눈으로 보자니
뾰족한 못과 나무가시가 있어서
그 의자가 싫습니다

나는
내 의자에 앉아 있을래요

초라하고 볼품없이
낡았어도
따뜻한 내 의자에
앉아 있겠어요

털이 보들보들 보드라운
애교쟁이 길고양이 꾸미와
내 의자에 앉아

한가로운 오후의
흔들리는 햇살을
느끼고 있을래요

제발
당신의 의자에
앉히려 마세요
나를

치매

기억하고 싶지 않습니다
추억도 지웁니다
마음도 지웠습니다
다시는
아무 생각도 하고 싶지 않습니다

머리를 하얗게 비웠습니다
너무 비워서 머리카락도
하얗습니다

꽃
피었는지 모릅니다
소나기
소리도 비 냄새도 알 수 없습니다
낙엽
왈각달각 뒹구는 것은 무엇인가요
눈이 오나요
보이지 않습니다

알고 싶지 않습니다
아무것도 모릅니다

세상에서 있었던 모든 것
지우고 갑니다
하얀 배 타고
마지막 여행을 갑니다

아무런 생각 없이
깃털이 되었습니다

화려한 외출

눈이 시린 햇살 속
걷고 있지만
생각은 어지러워
비틀거리고

죽음이
갈라놓을 때까지
함께하자던 약속
공허한 허공 속
메아리
메아리

두나의 선물은
애절한
순간순간 녹아내린
가슴에 담아

흔들리는 울퉁불퉁한
낯선 거리로 향하고

이토록 가슴시린 날

라일락은 향기를
어지러이 흩날리고

내 마음 향기처럼
머무를 곳 없어라

콧등이 시려와
눈물 눈물 눈물
한 방울

마음속 얼룩빼기

내가 미움 받을 때
내게 질투와
질시 보낼 때

마음 속 얼룩을
빼 본다

그들의 마음
맑아지기를

명상과
기도로
의연하게

일어서 보리

삶터

욕심으로 빚어진 인연의 끈
끌어안고 부여잡아
부질없고 헛된 것임을

내 생명 다하는 날엔
때는 늦으리

잡은 것 다시 놓고
또 잡은 암연

사람이라
얽혀지는 굴레 속
허상

몸부림치는 불나방처럼
그대 모습 처절하지만
끝나지 않은
서글픈 삶터

꼬깃꼬깃
접어진
낡은 지폐같은 삶

만남

봄날에 우리 만났지

한적한 들길을
먼지 흩날리는 그 길
거닐었지

한가로운
오후의 기억들

사랑이란 이름으로 포장된
힘겨운
생명체

넝쿨 속 새집에 갇힌
슬픈 어미 새처럼
그런 세상
묶여있던 몸

알들 부화하고
헬쓱해진 얼굴
가벼운 몸으로

다시 찾은
여유

푸른 창공위로
유유히
날아가네

인연

아무것도 바라지 않았습니다
아무것도 원하지 않았습니다
그저 마음이 가는대로
감정에 충실했습니다

때로는
감정에 충실한 것도
죄가 된다는 것을
그때는 몰랐습니다

혹독한 댓가를
그저 받기만 했습니다
그것은
아물지 않은 상처위에
또 하나의
생채기였습니다

힘든 마음
아프다고 외쳐보지만
대답없는 메아리였습니다

다시 시간이 흘러
강해진 마음은
흔들리지 않습니다

그것이 인연의
과보라면
숙명이라면
마음을 비우고
녹아내린 가슴에
담아 두라지요

모든 사연들을

희망열차

긴 여행 하고 있어요

희망 열차에 탑승하고
지금도 가고 있어요

꿈을 꾸고 있는 나는
행복하지요

열차는 소리 없이
가고 있어요

속도는
마음의 속도와 같이 가요

기쁠 때는 빨리가고
슬플 때
아플 때는
느리게 느리게 가지요

동반자들 있어서
외롭지 않아요

끝없이 가는 길
의미있게 가고

창밖의 풍경
여유롭게 볼래요

한해를 보내며

아롱진 그림자 뒤로
쓸쓸히 흘러가는
세월을

이 순간
다시오지 않음을

희미한 발자국 남기고
표표히 걸어가는
나의 길

희망과
두려움과
환희로 맞이하네

그대

힘들 때
그대 슬퍼 말아요

내가 옆에서
힘이 될께요

삶은 언제나 굴곡이 있어요

그대만이 그런 건
아니랍니다

힘을 내고 일어나
가던 길 가요

함께 가는 길은
조금은 여유로울 거예요

함께하는 내가 있기에

저승꽃

갈 길이 가까워졌다고
얼굴에 핀 꽃
세월만큼 아름답지
않습니다

주름진 얼굴에
덕지덕지 피어난
밤색 꽃

오늘도 푸념을
늘어 놓습니다.

옆집 할머니
갈 길이 가까워 졌다고…
괜시리 슬퍼집니다

같은 길 가야 하는
우리의 인생길이

이별연습

이별은 너무 가슴 아파
가끔 이별연습 해봐요

조금 덜 아프고
조금 덜 슬프고
덜 힘들려고

마음 속으로
연습해봐요

당신 없어도

당신 없으면
죽을 꺼 같은데
당신 없으면
세상 모든 게
끝날 줄 알았지

당신 없는 지금
해도 아침이면
어김없이 뜨고
향기로운 꽃들
피어나지

조금 마음 열어
파란 하늘
공간의 공기
함께 있는 모든 것
누릴 수 있지

당신 없이 더 커진
나를 위로하고
새로운 새벽

마주하며

마음속
꿈나무 한그루
심어보네

지혜꽃

시간이 지나간 자리
향기로운 지혜꽃
피어나고

어른들의 지혜를
아이들은
따라갈 수 없음은
지나온 세월 때문이리라

시간은 훌쩍 그냥
지나가고
어려운 고비
힘든 일 겪으면

우리에게
지혜를 남겨

잡을 수
만질 수
없어도
보이지 않아도

하지만
누구나 느낄 수 있는
지혜

연륜이
더해지면
주름만큼
지혜도 쌓이니

지혜롭게 나이 들어서
지혜 꽃 피워보리라

시간

지금 흘러가는
이 시간
다시 오지 않는 것을
우리가 알고
있으면

의미 있게
소중하게
지내겠지

우리에게 주어진
보석 같은 시간
허비하지
않기를

지금 여기에
의식을 집중하고
시간을 소중하게 귀하게
보내야 하리라

티끌

하늘아래 땅 위에
존재하지만
자연속의 나는
티끌이어라

홀연히 언젠가
흙속으로 사라져 가겠지만

미련/
한(恨)/
사랑

복잡하고 다양한 감정을
추스릴 수 없구나

인간이기
때문에

신발

댓돌 위에 나란히
놓여있는 신발

누가누가
사는지
알 수 있었네

풍요로운 지금
한사람 살아도
신발은 셀 수 없어

풍요도 병이 깊어
우리를 슬프게
한다네

많은 것을 가졌지만
그 때 만큼
마음이 풍요로울까?

사노라면

세월은 말없이
강물처럼 흐르고
둘 데 없는 마음은
젊은 시절 머무르고
싶어하네

늙음을 한탄하지만
그 속에
추억이 한 아름

아무도 알 수 없는
인고의 세월

언제나
미래에 속고

텅 빈 마음 공허하여
하늘만 바라보네

램프의 요정

너와 나
맺은 인연
하찮은
만남이지만

힘들 때
찾아오는
램프의 요정처럼
그대 마음
어두울 때

내가
빛이 되어
줄께요.

첫사랑

생각 속에 빠져있던
지나간 추억들
가슴속 스며들어
온종일 설레이던
그 시절 기억들

말을 할까 고백할까
지우개로 지워본
생각 속에 취했다가
생각 속에 숨겨둔
연분홍 빛
두근두근 짝사랑
아련한 첫사랑

망각의 술잔

시월은 싸늘하게
다음 달로 달려가고

낯이 흘러
밤으로 가고
이렇게
또 하루

기억이 먹어 버리고
밤은 흐린 기억

모인 날들 벌써
일 년
세월 앞에
병들어 가고
시들고 있으매

온전히 잃어버린
철새처럼 날아간
기억들

축배를 들어
흐르는
시간에
감사함이여!!

신이 주신
최고의 선물
망각
하얀 선물

하늘과 땅

하늘과 땅 사이
내가 있다네

하늘이 볼까
두려워서
행동이
조심스럽네

땅 위에 서 있으니
겸손한 마음
생긴다네

누구나
흙으로 돌아가니
그때까지
평정심 잃지 않으리

허 무

빈곤속에 자라서
풍요로움을 압니다.

시련이 있어서
인내를 알았습니다

불행이 있었기에
행복이 무엇인지도
생각하게 되었습니다

이 모든 일어남은
지금 나 여기 존재하기에
일어나는 현상

자연의 일부인 내가
티끌인 걸 안다면
모든 것 받아들이겠지요

대자연과 하나가 되면
두려울 게 없으리

거울

보여주는
차가운 眞實보다
보이지 않는
향기로운 거짓

密談은 숨어피는
화려한 양귀비 꽃
비밀스러운 秘話를
살그머니 숨기지

깊이 묻어 둔
아름다운 眞實
내면의 거울에
반추해 보리

분홍빛 타오르는
아침 노을
마음을 녹여내니

여유로운 觀照의 삶
憧憬해보네

하늘

손오공은 구름타고
하늘을 가르네

높이 높이 날아서
모든 것 보았다고
우쭐대지만

아 아
부처님 손바닥에
있구나

우리가 보는 구름은
형상일 뿐
그리고
구름 위에
하늘은
그대로 언제나
파랗게 있네

母情

비가 오고
낙엽이 떨어지고
스산한 바람 불어오면

마음은 다섯 살
내가 챙겨주지 못한
그 아이는
잘 있을까
두 손 모아 기도해보네

꽃 같은 마음으로
세상 보라고
햇님 같은 마음
간직하기를
너그러운 마음으로
살아가라고

그리고
가끔은 가끔은
엄마 생각하라고

마음 공부

그대 비단결 같은
고운마음
주변을 밝게 해주고
티없는 그대 웃음
마음을 화평하게
해주네
성내는 미운 마음은
일어날때 바라보면
다시
차분히 평화로워 진다네
세월의 연륜만큼
마음도 곱게곱게
가꾸다 보면
주변 모두의 등불
되어지겠지
언제나 마음수양
꿈속에서도 잊지말아야지
마음공부

삭풍(朔風)

겨울에만 불어오는
바람인줄 알았더니
오뉴월에도 삭풍이
불어 오더라
서릿발 같이 날카로운
그대 마음은
가슴에 비수로
꽂혀 있나니

한 맺힌 상흔(傷痕)
세월 흘렀다하여
흐려질 줄 알겠지만
인간에 베인 가슴
아리고 아픈 기억으로
영원히
남아있을
살을 에이는
서글픈 추억속의
얼 · 룩 · 진
한 페이지

사랑

계산하지 않고
하염없이 주기만
그래도
행복한 것
조건 없이 주는 것

언제나 한결같은 마음
넘쳐흐르는 주고픈 마음

나를 희생하며
아낌없이 퍼주는
마르지 않는 샘물 같은
저 넓은 대지 같은
하늘같은 마음

천상의 노래

나 이제 하늘에 가도
두렵지 않다네

아침에 눈을 뜨면
살아 있음에
감사하고

미약하지만 나의
혼신을 바쳐서
자식들 바라지했고

홀로서기 성공한
자식들은
내겐 아프고
소중하고 귀한
열매
신이 존재한다면
가엾은 한 여인의
절규의 노래를
외면하지 않았음이리라

앞으로의
하루 하루는
지난날의 생채기가
헛된 것이 아니기를
소망하며

나가 본다
더 밝은 세상으로

부엌지키는 엄마

아무리 힘들어도
부엌에선
사랑의 마음으로
쌀을 씻는다

오래전 힘들 때
'부엌을 잘 지키는
엄마는
아이를 잘 키운다'는
한권의 책은
부엌을 경건한
장소이게 했음이여라

노력은 하지만
쉽지는 않더라
사랑 가득한
음식을 먹으며
험한 세상 지혜로
헤쳐나가길
소망하면서

또
부엌을 마주한다
마음속 사랑
가득가득 담아서

아이에게

혼자만이 혼자만이
해결하려 하지 마

힘이 들면 내게와
물어봐줘
내 귀에
조용히 말해줘

거짓말은 하지 마
참말만 말해줘

해결되지 않는 건 없어

나에게 가만히
말하고 나면

나 - 마리지
천사의 마음으로 들어 보면은
문제들은
아주 쉽게 풀어 지잖아

괜찮아 괜찮아
토닥 토닥
토닥토닥

워따매 할머니

기억 저 너머
그리운 사람

정이 넘쳐
강과 같은 마음
주름이 아름다운

워따매 할머니
보고파
눈시울 붉혀 봅니다

워~따 ~
내 강아지
두손 꼭 잡고
반가운 눈물 흘리시던
정겨운 남녘 할머니

이제 다시
다시 뵐 수 없지만

그 고귀한 사랑

가슴 속 한 켠에
접어두어요

별보며
달보며
워따매 할머니
그리워 해요

무(無)

생각에
생각을 더하고
또
생각을 더하면

뇌에서 과부하가 걸려서
폭발할지도 모르겠어요

본능은
뇌를 보호해야 하니까
생각들을 꽁꽁 얼려서
정지를 시킨다지요

잠시 얼려서
휴식을 취하라는 본능에게

병원에선
아프니까 쉬라고…

어리석은 사람들은
몸이 주는 경고를 무시하지요

눈을 감고
생각 빼기 또 빼기
버리기
또 버리기

평정심은
버려야 얻을 수 있답니다

친구

언제 만난들
어디서 만난들
편하고 좋은사람

고민은 덜어주고
어떤 허물도
다 덮어 줄
그런 친구

영원히 함께할
인생길 동반자

같이 공유한 시간
하도 많아서
얼굴만 봐도
목소리만 들어도
기분을 짐작하는

우리는 영원한
인생길 길동무

이불

엄마가 그리운 날
이불을 안고 있어요

엄마 품 같은
부드러움을 주는
푹신한 이불은
엄마 마음 닮았어요

비 오는 날
농사일이 없는 엄마는
이불호청을 꿰매고

그 풀 먹인
빳빳한 이불을 덮고
누워 보면은

엄마 옆이니까
그냥
잠이 와요

꿈속에서만
엄마품은 내차지

제4부 별을 그리다

별을 그리다

인꽃으로 피어나
사람냄새 나는
글을 쓰고 싶다
고달픈 사람들의
친구가 되고
외로운 사람들의
마음속의 연인으로
살아가리라
언제나 밝고
환한 보름달같이
언제나 반짝이는
별들처럼
저 별 속엔 할매가
듣지 못하는 천사도
저 별 속엔 위따매 할매도
그리운 사람들
별 속에 있어
지금도 별을 그리네
마음 속 별
나만의 별들

詩

이 세상에 널브러진
언어들을 주워 본다

퍼즐 맞추기
삼매경에 빠져들고
하나 둘 셋 맞추고
언어유희의 황홀함에
시간의 흐름은 잊은 지 오래다

생각의 밭에서
고구마를 캐고
향기 가득한 인삼도 캐고
잡초는 제거하고

때로는
잡초인지 곡식인지 구분도
못하는 것은
인간이니까

신의 영역에
도전해 보는 우리들은

아름다운 단어들을 찾아 헤매이고
인간으로 한계에 부딪히고
또 고뇌하며 무르익고

숨이 멎을 때까지
계속되리니…

혼돈

머리가 얼어버려 생각할 수
없는 밤이 지나고
분홍빛 여명이 아침을
데리고 온다

열린 창밖에는 어제의
고단한 잔상들이
헤엄치며 지나간다

사색의 뜨락에서 방황하는
나의 시여

이제 다시
펜을 들기가

심연의 바다에
시커먼 방사능 노출보다 더한
아픈 공기를 마시며
누구들처럼 페르소나를
글에 얹어야 하는지

긴 긴 터널 속에서 방황해
보리니

만들기

썼다 지웠다
내 머리 속
시(詩)

멋스러워 질 때까지
주물럭주물럭
향기도 넣고
정성도 가득

맛도 없는
잡탕찌개가
끓고 있네

사진

모든 아름다움
빛과 하나 되어
만나는 순간

조금 더 근사하게
조금 더 화려하게
때로는
소박한 모습 담아 보려

구도를 잡고
빛을 계산하고
자연을 아름답게
왜곡해 본다

사각의 프레임 안에
세상의 아름다움
가두려 해 보네

또 무엇을
나의 네모 안에
곱고 신비롭게
담을 수 있을까?

어둠 속에서

-시인 윤동주

해도 잠들고
별도 달도
구름 속에 숨었습니다
어두운 나날들은
어느새 지쳐있습니다

별처럼 빛나던
초인이 있어
새벽바다에
잠기어 울고 있습니다

타인의 강에
떨어진
빛나던 별 하나
그리운 어머니
어머니 어머니
가만히 불러봅니다

바람결에
아스라이 스러져간
잔혹한 뒤란길

아는 것이 두렵습니다

파아란
하늘강에 둥 둥 둥
시를 띄워 봅니다

별을 헤던 옛시인은
여기에 없어도
시는 살아서
별보다 더 빛나고
있습니다

살아있는 시는
살아서 숨을 쉬며
우리들 영혼을
흔들고 있습니다

혼탁한 세상의 때 묻은
우리들 마음을
정화시켜 주고 있습니다

시인의

맑은
영혼의 울림은
우리 가슴 가슴에
하얗게 부서지며
물보라를 일으킵니다

새해 소망

새해에는 사색할 수 있는
사람으로 거듭나고 싶다

햇살에 감사할 줄 알고
주어진 현상에 감사할 줄 아는

토끼꼬리 같은 삶에서
구도자의 삶을 살아간다는
혼자만의
약속

별 총총 하늘은 내 마음 적시고
온통 까만 하늘 파란 별들 바라보다
잃어버린 나의 꿈 찾아보려

슬픈 날엔 시를 쓰고
외로울 땐 시를 쓰고
그리움이 밀려올 때
시를 쓰고
시는 나에게
산소 같은 존재

해

타오르는
붉은 태양
또
하루가
열리는구나

시간의
흐름은 누가
정하였나

마알갛게 타오르는
붉은 해같이
살갗에
스며오는 실바람

바람
별
하늘
시에 대하여

아프고

그리움에 사무친
외침의 노래
누가 있어 들어줄까요?

산다는 것

주어진 하루
로봇처럼 일하며
그렇게 살았습니다.

사는 것이 궁금하다는
화두를 들고
주역을 배우러 갔습니다

주역
공자가 책 끈이 세 번
끊어질 때까지 보았다는…

끝내
주역은 다 못 배우고
선생님의 권유로
시(詩)를 만났습니다

시가 나를 바꾸고 있습니다
내가 바뀌지고 있습니다

필요한 것은 다시 배우고

수동적인 삶에서
능동적인 삶으로
하루 또 하루
숙제를 하며 살고 있습니다

집착은 버린다고
늘 다짐했지만
이번에 완패입니다

거대한 詩라는 놈이
나를 꿀꺽 삼켰습니다
또
굴레에서 허우적거리며
낯선 거리로 나섰지만

자연과 함께
일과 함께
타인의 소리에 귀를 열고
열린 마음으로 즐기고 있습니다

주어진 삶을

잠꾸러기

-자화상

네게 필요한건
겨울잠이야

겨울 동안 지방을 축적하고
동굴에서 쿨쿨 자는거야
봄이 올 때까지

꿈나라에서
마음껏 노는거야
하고픈 것 다하지

영화도 보고
소설도 쓰고
그리운 고향에도
오래오래 머물고

겨울잠 꿈나라는
천국인거야
빛나는 봄을 위한
천국
이제 겨울잠은 끝나고

봄이 온 거야

봄바람에게 눈인사를 해봐
안녕
안녕

휘파람을 불며
아지랑이 아롱거리는
꿈길 위에서
동화 같은 시를 써보는
나는 나는
행복한 사람

겨울잠을
봄에게 빼앗긴거야
황홀한 봄에게

이제
춤을 추는거야
꽃들과 함께

그녀
-들꽃 나영

그녀의
이름은
들꽃 나영

그녀를
규정짓는
세가지
단어

자연
아이
그리고 창조

풍광 수려한
깅상도 향촌

그렇게 품어온
하늘과 구름과
산과 들은

그녀의
두눈과 마음에
가아득 담겨있꼬

화알짝 피어오르는
그녀의 웃음소린
무장해제의 신 병기

아이 같은
순수와 천진난만
그리고
장난끼가
공존하는
웃음이기에

무지 무지무지하게
따스하다

찰나의 미학이
사진이라면

그녀의
미학은 순간포착

인간의 잠재 미를
발굴하는
그녀는

진정한
미의 창조자

자연을 품은
그녀의 눈매와

인간을 사랑하는
아이같은 따듯한 마음으로

찰나의 미용학을
실천하는
그녀는
진정한

아름다움의 창조자
아닐는지…
(옆지기)

접어 버린 꿈

어린 시절
크레파스 색깔 없어
무지개를 그리지
못하며,

가난이 숙명이 되고
그림으로 못 펼친,
세상

불혹의 나이에
사진으로 펼쳐보다,

아름다운 세상
신비한 자연
담아보려
산들로 다녀보다가

차곡차곡 쌓아둔
낡은 사진첩을
지천명 지나
글로 그려보니

선녀가 날개옷 입은 듯
날개 달아 표현하니
부끄러워라!

긴 인생여정
고비 고비
지난 아픔들이
등불이 되네.

아름다운 선물

영혼은 언제나
고독할 때
아름다운 시를
선물한다

들꽃의 노래

시를 쓰고 아파옵니다.
나의 아픔을 글로 옮겼는데
며칠이고 아픕니다

아주
작은 나의
존재가 기지개를 켜고
내 사연들을 깨알같이
적어

이슬 같은
안개 같은
물거품 같은 금방
없어질 것 같은 사연을

무지개 동산에
뿌리고 있습니다.

욕망이 강한 여자

이 세상에서
제일 좋아하는 것은
잠
꿈꾸기

여자는
언젠가부터
사는 것이 재미없어
모든 것을 놓아버려야
한다고 믿고 있습니다

그러나
놓아버리는 것이
쉽지 않습니다

그녀를 잡고 있는 끈이
너무 많기 때문에……
그널 잡고 있는
끈의 수는 108개나
된답니다

그녀의 잠,

놓지 못하는 끈 때문에
고민하기
보다는

까마득한 나라
잠의 나라에서
화가가 되는
사진작가가 되는

잠속에서
꿈을 이루는
길을 선택했습니다.

어느 날

얼음
동굴에서
시(詩)를 파는 아저씨를
만난 이후

그녀의 잠은
바람의 나라 제피로스에게
빼앗기고 깨어 있습니다
늘~

밤의 색깔

밤에는 어둠 뿐입니다
온통 세상은 까만 옷을 입고
내일을 준비합니다

가로등 불빛이 강해서 밤에도
온통 채색된 자연은
열매가 쭉정이 뿐입니다

두 팔을 벌리고 이불 속에서
어둠의 축제에 속옷으로
치장을 하고 조용히
눈을 감습니다

꿈나라에서
컬러로 채색된 미래를
꿈꾸며
색깔놀이에 빠져 봅니다

사실은
밤의 어둠은 흑백만
아니고 컬러가 공존하고
있나 봅니다

김나영 시집

들꽃의 노래

초 판 인 쇄   2018년 08월 08일
초 판 발 행   2018년 08월 16일

지 은 이   김나영
펴 낸 이   이혜숙
펴 낸 곳   신세림출판사
등 록 일   1991년 12월 24일 제2-1298호

04559 서울특별시 중구 창경궁로 6, 702호(충무로5가, 부성빌딩)
전 화   02-2264-1972
팩 스   02-2264-1973
E-mail   shinselim72@hanmail.net

정가 13,000원

ISBN 978-89-5800-203-1, 03810